Lettre de Mr. de S...
à Mr. le Comte de C...

———

Relation de l'Expérience

Aérostatique de Chambéry

———

Chambéry, 1784.

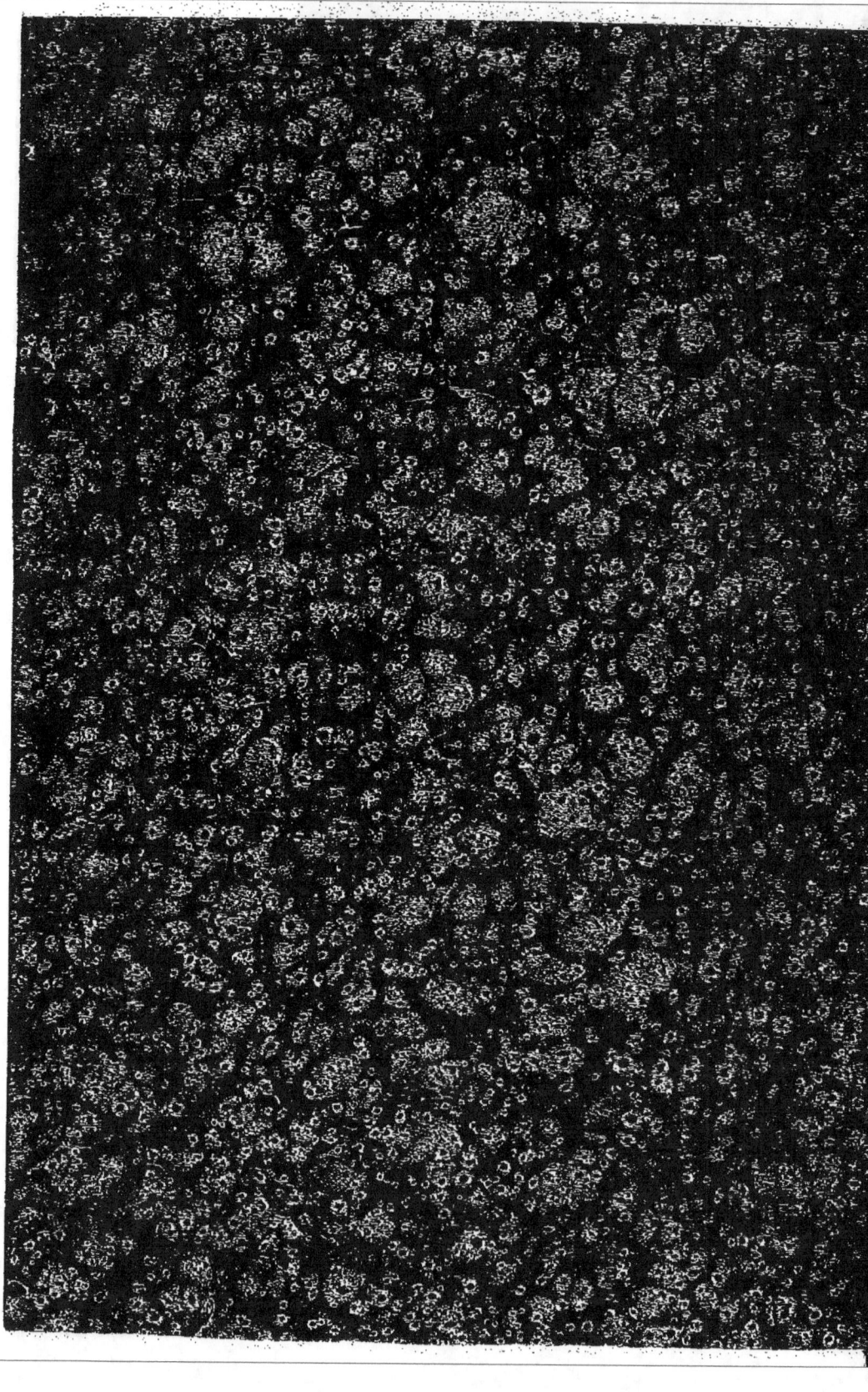

Boffito page 249
270
360

LETTRE

DE Mr. DE S....

à Mr. le Comte de C... Off... dans la L... des C...

Contenant une Rélation de l'Expérience Aérostatique de Chambery.

E fale in verſo il ciel via più leggiero
Che'l Girifalco a cui leva il capello
Il maſtro a tempo, e fà veder l'augello.
ARIOSTO. 4. 46.

CHAMBERY,
De l'Imprimerie de *M. F. GORRIN*, Imprimeur du Roi,
Et ſe vend chez F. PUTHOD, Libraire-Relieur,
Rue - Saint - Dominique.

Avec permiſſion. 1784.

(2)

Rés. p. V
718
(2)

LETTRE

CONTENANT

UNE RÉLATION

DE l'Expérience Aéroflatique

de Chambery.

JE me hâte, Mon cher Comte, de mettre fin aux allarmes que vous aurez fans doute conçues fur le fort de notre pauvre Ballon : Après les malheurs du 22 Avril, avec quelle impatience n'aurez-vous pas attendu, dans votre paifible château, la nouvelle d'u-ne Expérience plus heureufe ; mais peut-être fera-t-il néceffaire, avant de vous faire part de nos fuccès, de revenir fur cette trifte journée du 22. On a dit que notre Ballon étoit mal conftruit ; on a dit qu'il n'avoit jamais pu s'enfler ; on a dit que fans refpect pour les premiers élémens du calcul, nous avions effayé de lui faire porter trois, quatre, cinq, & juf-qu'à fept perfonnes : On a dit . . . . eh ! que n'a-t-on pas dit ? Puifqu'on mentoit dans l'enclos de *Buiffon-rond* ; on peut bien croire que la vérité n'étoit pas fort refpectée à vingt ou trente lieues de nous. Au refte defirez-vous quelques détails rapides fur ce facheux évènement ? Vous allez être fatisfait.

D'abord, nous nous étions promis à nous-mêmes que le Ballon feroit conftruit, lancé & monté par des Citoyens ; en conféquence nous refufâmes expreffément le fecours de quelques étrangers experts qui nous offroient leurs bras ; & nous les remerciâmes de leur bonne volonté, fans vouloir en profiter. De plus, parmi cette foule d'Ouvriers, d'Artiftes & d'Amateurs qui ont concouru à l'entreprife, une feule perfonne avoit vu lancer un Ballon portant des hommes ; & cette perfonne n'a pu affifter au fecond effai. En forte que nous nous étions environnés volontairement de toutes les difficultés qu'entraine l'inexpérience, uniquement pour avoir le plaifir de les vaincre. Ce trait de vanité nationale (la feule bonne, par parenthèfe) nous a valu une petite humiliation paffagere. La théorie la plus réfléchie ne pouvant fuppléer parfaitement au défaut d'expérience, quelques-uns de nos apperçus fe trouverent faux : Le filet pefa beaucoup plus que nous ne l'imaginions : Nous comptions fur une galerie de 250 liv. elle pefa le double. Ce n'eft pas tout : Le Ballon hiflé avec trop de précipitation, fe trouva enflé dans dix minutes, & ce fut là une faute capitale ; car fi l'on fe preffe trop, la raréfaction eft beaucoup moins parfaite, où peut être faut-il l'attendre avec beaucoup plus de patience que nous n'en montrâmes dans cette occafion : Cependant le Public trop fatigué par l'attente, & trop avide du fpectacle, demandoit l'élévation, & par malheur, ces deux fentimens gagnoient l'eftrade : Pour comble d'infortune, les Ouvriers avoient dîné : Après un affez grand nombre de manœuvres inutiles, on imagine de foulever la galerie dans l'efpérance qu'on établiroit ainfi un courant d'air capable de déterminer le départ. On entoure la galerie, on l'éleve à force de bras ; le cable étoit retiré : On tranfporte la machine au bord de l'eftrade ; autre faute qui nous approchoit de la derniére. Alors je ne fais quelle chaleur inexplicable s'empare de toutes les têtes : Mille voix s'élevent à la fois; on ne s'entend plus. Envain M. TIOLLIER dont le zéle égale les talens, avertit qu'on va tout perdre ; un Ouvrier s'écrie dans un ftyle qu'il n'eft pas poffible de bien rendre ,, *Jetons-le bas ! Peut-être il partira* ; ,, ce beau confeil eft fuivi : L'infortuné Ballon au lieu d'être *lancé* eft *jeté* ; & fidéle aux loix facrées de la gravitation, il va tomber fur le pré au pied de l'eftrade. Dans fa chûte, il rencontre un clou énorme planté imprudemment dans le mât. Le clou s'engage dans le filet & en fait fauter 20 mailles. Cette fécouffe prodigieufe fit tomber le Ballon de côté : & ce fut là ce qui nous fit craindre un moment pour l'un des Voyageurs qui fe trouvoit élevé au deffus du foyer par la chûte oblique de la galerie : Cependant, il n'arriva rien de malheureux. Les fecours furent prompts, & les cordes coupées leftement : Le Ballon débarraffé de fon pefant attirail s'éleva feul & fût bientôt renverfé par le poids du filet : Il ne perdit à ce jeu que fa doublure de papier & une portion de deux ou trois fufeaux brûlés un peu au deffous de l'*équateur.*

Jugez, maintenant, mon cher Ami, de l'excellence de tant d'épigrammes à la glace décochées contre le Ballon de Chambery ! Nous nous fommes trompés fur quelques points, & c'eft tout : Voyez le grand miracle ! Nous avons fait auffi bien & même mieux que le renard de la Fontaine.

D'abord il s'y prit mal, puis un peu mieux, puis bien ;
Puis enfin il n'y manqua rien.

Après le fuccès malheureux de la premiere expérience, les Soufcripteurs, loin de fe décourager s'emprefférent de former les fonds néceffaires pour réparer l'Aéroſtat; & ils ſe promirent bien de profiter de leurs fautes pour s'aſſurer une réuſſite complette. En conſé-quence, on commença par ſupprimer le filet qui recou-vroit l'hémiſphere ſupérieur du Ballon, c'étoit d'abord une économie de poids bien conſidérable; car cette lourde coiffure ne peſoit pas moins de 180 liv. Pour ſuppléer au filet on doubla les *Nervures*; ce qui portoit les cor-des au nombre de 48, force ſuffiſante pour maintenir la forme du globe & s'oppoſer à l'expanſion du fluide intérieur. Enſuite, on penſa à la galerie: Lors de la premiere expérience, elle peſoit près de 500 liv. & n'avoit pas cependant la force néceſſaire. Pour obte-nir tout-à-la-fois plus de ſolidité & plus de légéreté, on fit conſtruire un grand cercle de bois de *Frêne* ayant pour diametre l'ouverture du Ballon, & l'on y fixa ſolidement à diſtances égales deux eſpeces de pa-niers formés des débris de l'ancienne galerie; ces pa-niers, aſſez ſemblables à deux tribunes, avoient 11 pieds de longueur extérieure, & 9 ſeulement à l'intérieur: Ils ſuivoient la forme du cercle, & on les avoit diviſés par des tringles de fer en trois *Caſes* égales dont celle du mi-lieu étoit deſtinée au Voyageur & les deux autres aux proviſions: Le tout avec les ferrures peſoit environ 300 liv. Quant à la forme du Ballon nous ne vou-lumes rien y changer, parce qu'en effet la forme ſphé-rique eſt inconteſtablement la plus avantageuſe: Vous ne ſauriez croire cependant combien on nous a chi-canés ſur cet article. De tous côtés on nous accabloit de prophéties ſiniſtres, & l'on nous prouvoit par de beaux argumens que la rondeur parfaite d'un grand Ballon s'oppoſeroit à ſon aſcenſion. Si l'événement ne nous diſpenſoit pas de répondre à ces Meſſieurs, nous leur conſeillerions de conſtruire inceſſamment un *Aéroſtat* en forme de fuſeau de 20000 pieds de lon-gueur avec lequel ils pourroient aiſément *percer l'air*,

& s'en aller droit à la Lune déboucher une de ces bouteilles visitées par feu *Aftolphe.*

Quand toutes les formes feroient indifférentes , il conviendroit toujours de fe déterminer pour la fphérique , eu égard à l'excellence intrinfeque de cette forme fi fort célébrée par la docte antiquité.

ARISTOTE , *Monfieur ,* PERI MÉTEÔRÔN
Dit fort bien . . . .

N'allez pas , s'il vous plait , me dire comme le *Dandin* de RACINE.
. . . . *Je prétends*
Qu'ARISTOTE n'ait point d'autorité céans.

Tant - pis pour vous , mon cher , fi vous ne refpectez pas les Anciens: croyez qu'il faut toujours en venir là : Si je defirois vous expofer une idée du Philofophe de *Stagyre.*

C'eft que l'autorité du Péripatétique
Prouveroit que la forme . . . .

Si cependant cette érudition vous ennuie , je fuis prêt à finir ; mais j'ai peine à croire que vous comptiez pour rien le témoignage de tout ce que l'antiquité a produit de plus illuftre. Je ne vous parle pas feulement d'*Ariftote*; mais *Thalès & Pythagore*, cités dans de très-gros livres ; *Ptolémée* , *Cléomede* , *Ciceron* , *Plutarque* , *Al - Fargan* ; tous en un mot s'accordent à regarder la figure ronde comme quelque chofe de merveilleux ; tous la donnent pour l'emblême de la perfection; & le divin *Platon* avoue dans le *Timée* „ *qu'on* „ *ne peut rien comparer à cette forme étonnante , qui* „ *renferme en elle-même toutes les autres formes.* "
Vous voyez , Monfieur le Comte , qu'independamment de toute autre confidération , un fimple motif

de respect nous auroit déterminés pour la forme que nous avons adoptée : Nous songeames d'ailleurs,

Que toutes les parties d'un Ballon sphérique n'étant que la répétition d'un modele unique, le travail étoit fort aisé, & devenoit pour les ouvriers, au bout de quelques jours, une opération presque méchanique qui laissoit craindre peu de défauts.

Que dans la forme sphérique, la masse croissant en plus grande proportion que la surface, il n'y avoit pas à balancer.

Qu'il étoit plus aisé de gonfler uniformément le Ballon : Nulle forme ne favorisant davantage l'action d'une force quelconque également distribuée dans toutes les parties de la masse.

Et que la moindre hauteur du Ballon, & le rapprochement du centre de gravité, le rendoient moins susceptible d'oscillations dangéreuses.

Supposé que ces dernieres raisons ne paroissent pas convaincantes par elles-mêmes, en les joignant aux précédentes, elles ne manqueront pas de faire beaucoup d'impression : D'ailleurs elles acquierent une certaine force par l'évènement. Car enfin, ce Ballon de 55 piés en tout sens, qui portoit une galerie de 300 l. un foyer de 80, deux hommes, & plus de 300 liv. de provisions, *& qui par conséquent ne pouvoit pas partir*, est cependant parti le 6 du courant à la face du ciel, de la terre & du Duché de *Savoye*. Nous croyons donc pouvoir exiger de nos détracteurs qu'ils se contentent de cette démonstration de fait qui nous paroit bonne & qui est à leur portée.

Revenons, s'il vous plait, à notre narration : Je vous disois, je crois, qu'on s'étoit empressé de réparer les ravages causés par le feu : Les couteaux des sauveurs du Ballon en avoient causé d'autres ; mais le zèle des Soufcripteurs & l'activité des ouvriers qui travailloient jour & nuit, permirent d'annoncer le départ pour le Mardi 4. En effet, le Ballon parfaitement réparé, fut en place au jour marqué; mais le vent de *Nord-eft* qui foufloit fans relâche, ne permit pas d'exécuter l'expérience; & deux jours de fuite, le Public impatienté fe retira, après avoir paffé triftement la journée à regarder l'eftrade. Enfin, comme on avoit remarqué que le vent foufloit plus foiblement vers le lever du foleil: Le Mercredi foir, un des travailleurs, embouchant le porte-voix, annonça, par ordre des principaux Directeurs de l'Entreprife, que le Ballon feroit lancé le lendemain à fix heures du matin.

La grande curiofité du Public étoit de connoître un des Voyageurs qui ne fe montroit point encore. Primitivement, l'Aéroftat devoit être monté par le Chevalier de Chevelu, qui étoit le moteur & le chef naturel de l'Entreprife; & le Public dont il eft fort aimé, auroit bien defiré le voir fuivre fon projet; mais la tendreffe paternelle s'oppofa au vœu général; & l'amour de la Phyfique n'empêcha point un pere allarmé de défendre net à M. fon fils de monter cette voiture d'un nouveau genre. Les craintes du pere & la foumiffion du fils les honorent l'un & l'autre; mais c'eft avec le plus vrai chagrin que nous avons vu partir ce cher & aimable Chevalier fans avoir retiré de fes travaux & de fes peines incroyables d'autre fruit que le fpectacle d'une expérience manquée. Nous efpérons au moins que la nouvelle du fuccès le confolera de tout.

Vous fentez bien que notre bouillante jeuneffe offroit autant de Voyageurs que de têtes; mais pour prévenir les inconvéniens qui auroient pû réfulter de la concurrence, on convint de s'en rapporter au choix de l'autre Voyageur qui demeuroit en place: C'étoit M.

Brun ; jeune homme de beaucoup de talent, qui posséde à 24 ans des connoiſſances très-étendues en Mathématiques, bientôt il paſſe avec l'agrément du Roi, au ſervice de S. M. le Roi de Pruſſe. Nous ſouhaitons tous bien ardemment que ce premier pas ſoit pour lui un acheminement à la fortune.

M. *Brun*, privé de ſon premier compagnon, deſiroit vivement faire le voyage Aérien avec le Chevalier *Maiſtre*, volontaire au Régiment de la Marine, lequel, de ſon côté, en mouroit d'envie ; mais le départ du Régiment fixé à l'heure même de l'expérience, & les terreurs paternelles rendoient encore la choſe fort problématique. Il commença par ſe débaraſſer du premier empêchement, en obtenant la permiſſion de ne partir que dans l'après-dinée, & d'aller joindre le Corps à *Montmélian*. A l'égard des craintes du Pere, il fut réſolu, en grand conſeil, qu'à les ſuppoſer bien violentes (ce dont il étoit permis de douter un peu) il ſuffiſoit de ſe taire & de faire confidence du départ au moment de l'arrivée. Le projet ne fut néanmoins décidément arrêté que le Mercredi à l'entrée de la nuit ; & de toute la famille du Voyageur, une ſeule perſonne en fut inſtruite par haſard.

Les Ouvriers paſſerent la nuit du Mercredi au Jeudi auprès du Ballon ; & dès trois heures du matin, il étoit gonflé par un feu léger, mais conſtamment ſoutenu. Il y a même apparence que cette raréfaction graduelle fut cauſe en grande partie du ſuccès de l'Expérience (*). A ſix heures le Public ſe rendit dans l'enclos de *Buiſſon-rond* : Tout étoit diſpoſé pour le dé-

---

(*) On ſe conduiſit ainſi dans l'eſſai qui eut lieu le matin du 22 Avril, & de tous ceux qui furent préſens, perſonne ne doute que le *Ballon* ne fut parti avec trois hommes qu'il portoit alors, ſi l'on eut coupé les cordes ; mais ce n'étoit pas le moment.

part ; le feu pétilloit dans le fourneau , & les cordes bandées difoient " *Tout ira bien.* "

M. *Brun* , en chemife fur l'eftrade , donnoit fes ordres ; mais on ne voyoit qu'un Voyageur : Le Chevalier *Maiftre* , en uniforme , fe croifoit les bras , & ne montroit aucun projet. Cependant M. *Brun* faute dans fon panier ; & fon compagnon de voyage faifant le tour du *Ballon* , s'approche du fien , & fe déshabille. Il faut noter que , par la difpofition des lieux , le Public n'occupoit guere que deux côtés de l'enclos ; & le panier deftiné au Voyageur anonyme , étoit placé dans une direction oppofée à la foule : Il put donc s'y jeter fans être apperçu de beaucoup de monde , & au lieu de fe tenir debout , il s'y coucha & fe couvrit d'une toile : Dans ce moment une des cordes qui fufpendoit fon panier , fauta tout-à-coup , fans doute parce que le Ballon commençoit à s'élever infenfiblement , & que la corde n'ayant pas été fcrupuleufement égalifée aux autres , fe trouva trop courte & porta tout le poids. Mais le Voyageur s'étant affuré par un léger examen que les autres cordes fuffifoient à fa fureté , il ne jugea point à propos de perdre le tems en réparations inutiles , & d'allarmer peut-être les efprits : Alors , fon frere qui étoit fur l'eftrade , toucha les cordes , lui dit un *Adieu* laconique , & vint fe mêler à la foule. Enfin , l'inftant defiré arrive , le grand cable avoit difparu : Le *Ballon* parfaitement gonflé faifoit des efforts vifibles pour s'échapper : Tous les cœurs palpitent ; toutes les lunettes font en l'air. ═ On demande filence ═ M. *Brun* fe tourne & tire un coup de piftolet. C'étoit le fignal convenu : On lâche toutes les cordes : Rien ne retient le *Ballon* : Il quitte l'eftrade : fon foyer brille à tous les yeux ; il eft en l'air. ═ Tenterai-je de vous peindre la fenfation univerfelle ? Non ! Il n'y a qu'un ange ou un fot qui puiſſe l'entreprendre. Mais vous, mon cher Comte, qui réuniſſez à tant de talens celui de la Peinture que vous poſſédez à un ſi haut degré de perfection, écou- tez-moi ! Broyez vos couleurs ! Prenez votre toile, vos pinceaux : Je veux vous offrir un modele digne de vous. Voyez dans l'enclos ces jeunes perſonnes fixant des yeux humides ſur ce Ballon qui fuit comme la fleche. Peignez-moi cela ! Faites-moi voir ſur ces vi- ſages la pâleur de la crainte, l'extaſe de l'admiration, & le ſourire de la tendreſſe : Rendez-moi ce ſenti- ment qui les ſuſpend ſur leurs ſieges, & ce geſte ma- chinal qui va chercher le *Ballon* dans les airs ; qui le ſoutient, le dirige, & lui défend de tomber ſur les rocs. Allons ! Mon cher Ami : Courage ! Soyez ſubli- me : Soyez vous-même ! Et que votre tableau diſe comme vos modeles „ *mon Frere eſt la* „ ══ Mais vous allez me dire que vous n'êtes ni ange ni ſot : Continuons.

A quelques toiſes d'élévation, M. *Brun* ſe tourne ſur l'enclos & ſalue l'Aſſemblée avec beaucoup de ſang- froid. Son Compagnon ſentant qu'il étoit tems de quitter ſa premiere attitude, ſe leve ; prend le porte- voix, & fidele aux promeſſes du *Proſpectus*, il crie de toutes ſes forces ; HONNEUR AUX DAMES ! Mais, il ne fut guere oui que des hauteurs voiſines : Car dans l'enclos, on pouvoit dire preſque au pied de la lettre.

Dieu, pour ſe faire ouir, tonneroit vainement.

Dans ce moment, par le plus heureux haſard, le Régiment de *la Marine* défiloit le long des murs de *Buiſſon-rond*, qui bordent, comme vous ſavez, la grande route de Piémont. Le Ballon paſſa préciſément au deſſus du Bataillon, & les Tambours battirent aux champs.

Cependant, le globe s'élevoit avec une rapidité prodi-

gieufe, mais prefque perpendiculairement, au grand dé-
plaifir des Voyageurs qui regretoient bien une de ces bouf-
fées de vent qui nous avoient tant impatientés précédem-
ment. Arrivés à une très-grande hauteur, un léger courant
les entraine lentement du côté de *Challes*, dans la direction *Nord-eſt* du lieu du départ. Malgré ce malheureux
calme qui avoit duré 12 minutes, & malgré la foi-
bleffe du vent qui s'élevoit, le bon état de la machine, & la fécurité parfaite des Voyageurs, leur faifoient
entrevoir un fuccès, peut-être fans exemple. Mais,
comme il faut toujours que, dans ces fortes d'occa-
fions, on commette quelque faute par défaut d'expérience; on s'étoit trompé fur la quantité des com-
buftibles néceffaires. 180 liv. de bois paroiffoient une
provifion fuffifante: On étoit dans l'erreur, & cette
erreur a rendu l'Expérience beaucoup moins brillante.

D'abord les Voyageurs s'amuferent à faire la con-
verfation, & à contempler la beauté du fpectacle qu'ils
avoient fous les yeux : Durant cet accès d'admiration, le feu déclinoit, & le Ballon baiffoit; on
crut même dans l'enclos qu'il alloit toucher terre; mais
les Voyageurs s'appercevant qu'ils avoient baiffé, ra-
nimerent le feu; &, bientôt on les vit fe relever :
La plus haute afcenfion, marquée par les Obfervateurs, fut de 506 toifes; néanmoins (tout orgueil à
part) les *Argonautes* aériens ont quelques doutes fur cette
eftimation. Affurément, rien n'égale la haute confidération dont ils font profeffion pour les *Graphometres*,
& pour les tables des *Sinus*; mais quand ils fongent
que les fignaux dont ils étoient convenus pour mar-
quer l'inftant où ils vouloient être lorgnés, n'ont
point été apperçus : Que l'un des Obfervateurs s'eft
vu forcé par les circonftances d'obferver prefque perpendiculairement dans une pofition embarraffante; quand
ils fe rappellent qu'ils ont vu au deffous d'eux la

Dent de *Nivolet*, celle de *Grenier*, & le roc de *Cha-fardon*. Ils croient (en attendant qu'on ait mesuré ces montagnes) s'être élevés au delà de 506 toises. Le *Barometre* ne pouvoit décider cette question. ,, *Faites* ,, *seulement vos observations* ,, dit le Chevalier *Maistre* ,, à M. *Brun* ,, *Je me charge du feu* ,, ⎓ *Bon* ! ,, Dit ce ,, dernier ,, *J'ai cassé mon Barometre.* ,, (On n'en avoit embarqué qu'un ; n'en dites rien, au nom de Dieu) ,, *Et moi* ,, reprit son Compagnon ,, *Je viens de casser* ,, *le manche de ma fourche.* ,,

C'étoit là un malheur d'importance, car, au lieu de mettre les fagots tranquillement dans le foyer, il fallut les jeter, & le pauvre jeune homme, gêné par une piece de fer, placée en saillie sur le bord intérieur du panier, manqua son coup & perdit trois fagots.

Tandis que le Ballon voyageoit, la Mere de M. *Brun* qui n'avoit pas eu le courage d'assister au départ, l'apperçut en l'air du milieu d'une place où elle passoit par hasard ,, *Ah ! mon Dieu !* ,, S'écria-t-elle ,, *Je ne* ,, *verrai plus mon cher enfant* ,, : Elle ne le vit que trop tôt, car les provisions manquoient aux deux *Phaétons*. Pour plus grande sureté, & sur l'avis du célebre Physicien, M. de *Saussure*, on avoit réduit à deux le nombre des Voyageurs, le filet étoit supprimé, & la galerie allégée. On auroit pu augmenter considérablement la quantité des provisions : Le volume des fagots trompa les yeux ; c'est à-peu-prés, la seule faute qu'on ait commise, mais elle étoit considérable. Furieux de se voir forcés de toucher terre avec un *Ballon* parfaitement sain, les Voyageurs brûlerent tout ce qu'ils pouvoient brûler. Ils avoient une quantité considérable de boules de papier imbibé d'huile ; beaucoup d'efprit de vin, des chiffons, un grand nombre d'éponges ; deux corbeilles contenanr le papier ; deux feaux dont ils verferent l'eau ; tout fut jeté dans le foyer : Cependant le Ballon ne put fe foutenir en l'air au delà de 25 minutes, & il alla tomber à la tête des marais de *Challes*, à une demi-lieue en droite ligne de l'endroit du départ ; mais après avoir éprouvé dans fon cours deux ou trois déviations affez confidérables. M. *Brun* ne manquera pas de donner les détails les plus circonftanciés fur le poids total de la machine & fur fa force afcenfionnelle : Ces détails établiront probablement qu'il y a beaucoup à rabattre de l'hypothefe qui fuppofe la raréfaction de l'air dans la proportion de 1 à 2. Mais je me tais fur tout ceci, ne voulant point fourrager une Province qui lui appartient à fi jufte titre.

Tel eft, Monfieur, l'hiftoire fidele de notre *Ballon*, intéreffant, peut-être, parce qu'il étoit fupérieurement conftruit, parce qu'il s'eft élevé avec une rapidité furprenante ; parce qu'il ne portoit que 44 ans ; parce qu'il a été conduit avec affez de fang-froid & d'intelligence, & qu'il n'a pas fouffert la plus légere altération. Vous comprenez cependant, mon cher Ami, que tout ceci eft écrit fans la moindre prétention. Je parle de ce qui nous intéreffe, & je n'en parle qu'à nos concitoyens ; & fi quelque coup de vent (que je fuis loin d'invoquer) portoit ces feuilles au delà de la frontiere, qu'elles atteftent au moins que nous avons répété avec plaifir une expérience intéreffante ; mais que nous n'attachons aucune efpece de gloire à faire auffi bien que d'autres.

A l'inftant où le Ballon toucha terre, un caroffe conduit à toute bride, s'empara des Voyageurs, & fut bientôt fuivi de tous les autres. On revint à *Buif-*

fon-rond : On fit monter les deux jeunes gens fur l'eftrade où ils furent préfentés au Public , fêtés , couronnés par Mad^e. la Comteffe de *Cévin* , par Mad^e. la Baronne de *Montailleur* , & par Mad^e. de *Morand* , dont les charmans vifages payerent de la meilleure grace la dette contractée dans le *Profpectus*. On remonta en caroffe : Nos jeunes Militaires trouverent plaifant de débufquer les cochers , & de fe mettre à leur place. Il falloit voir furtout le Chevalier *Galatei* , avec une énorme mouftache poftiche , conduifant le caroffe des Voyageurs : C'étoit une gaieté , un enthoufiafme , une aimable folie dont on ne forme pas d'idée : C'eft dans ce bel équipage qu'on entra en Ville couronnés de rubans & de feuillage , au bruit des tambours & des inftrumens : On parla beaucoup de *Laurier* ; mais j'obfervai que les Voyageurs y repugnoient : (Ils en trouveront ailleurs.) Un grand nombre de perfonnes de tout rang , parmi lefquelles fe trouvoient tous les Soufcripteurs , précédoient les caroffes. Tout le cortège reconduifit d'abord le Chevalier *Maiftre* : Deux vieillards de 25 ans le tirerent du caroffe & le porterent fur leurs bras au Préfident fon pere : Il n'eft pas néceffaire de vous dire que ce bon Papa étoit déjà averti du départ & de l'heureufe arrivée du Ballon. On fe rendit enfuite chez M. *Brun* ; malheureufement fon pere étoit abfent ; mais que manque-t-il à la tendreffe quand on poffede une mere. Celle de M. *Brun* triompha du triomphe de fon fils : Elle reçut les complimens & les embraffades de tout le monde ; & furtout des Dames qui ne pouvoient fe laffer de contempler fa joie :

> *O Grand Dieu! Le cœur d'une mere*
> *Eft un bel ouvrage du tien.*

De chez M. *Brun* , on fe rendit chez S. E. Monfieur

fieur le Gouverneur : Les Dames lui préfenterent les Voyageurs : Il les reçut avec bonté , & même il fit là grace au Chevalier *Maiftre* de lui accorder un délai de deux jours pour fe repofer & joindre à l'aife fon Régiment.

Un Repas de 90 couverts fuivit toutes ces préfentations : Il n'eft pas poffible de vous donner une idée de l'union & de la joie aimable & bruyante qui regnerent dans ce *Banquet* prefque fraternel : On y porta un grand nombre de fantés à l'angloife : Autant qu'il m'en fouvient; voici l'ordre des *Tôft.*

Le Chevalier de *Chevelu* , qui manquoit feul pour rendre la fête complette.

Les deux Voyageurs.

Le Préfident Comte *Maiftre* ; & Mr. & Mad^e. *Brun* , qui avoient fourni inconteftablement les premiers *matériaux* de la fête.

S. E. Monfieur le Gouverneur , qui avoit bien voulu honorer de fon nom la lifte des Soufcripteurs , & nous accorder encore pour deux jours l'un des Voyageurs.

MM. *Montgolfier* , dont le génie nous avoit procuré le magnifique fpectacle du matin , & les plaifirs qui le fuivoient.

L'Auteur du *Profpectus* ; fans doute à caufe de fa bonne volonté.

Les Dames qui étoient accourues les premieres au fécours des Voyageurs , & les avoient favorifés des premieres *accolades.*

Le Comte de *St. Gilles* , Major du Régiment des Dragons de Piémont ; pour lui & pour les Officiers de fon Corps , qui avoient pris un intérêt vraiment patriotique au Ballon de *Chambery* , & que nous voyions à table avec tant de fatisfaction.

Le Chevalier *Galatei* , cocher de bonne maifon , maître des cérémonies ; ame de la fête.

Enfin, le Comte de *St. Gilles* ayant demandé filence propofa folemnellement une libation d'eau fraiche à l'honneur de l'*Hermite de Nivolet*; & cette propofition fut acceptée avec de grands éclats de rire (*).

Après le Repas, on fe rendit en ordre à la porte du Fauxbourg de *Montmelian*, où le Ballon attendoit les convives: On le ramena pompeufement fur deux charriots, auffi bien portant qu'au moment du départ; & on alla le dépofer, au bruit des fanfares, dans le Jardin d'*Venne*: Nouvel hommage au Chevalier de *Chevelu*, qu'on n'oublioit pas un inftant.

Cette journée très-agréable fut terminée très-agréablement par un Bal fuperbe, qui réunit tout ce que nous poffedons d'aimable: Affemblée charmante, où le plaifir fi fouvent banni par la trifte étiquette, tint fes états jufqu'à fix heures du matin. Au deffus de l'orcheftre on voyoit encore le chifre du Chevalier de *Chevelu*. Après les premieres contre-danfes, les Voyageurs entrerent & furent préfentés par Mefdames de *Cevin* & de *Montailleur*, qui les avoient ramenés le matin: Un nombre infini d'*accolades* leur prouverent

_____

(*) L'Auteur du *Profpectus* fe garde bien d'approuver cette libation: Au contraire, il eft fou de l'*Hermite*, qui eft un homme d'efprit. Salut! Gloire! Paix! Bénédiction! A tous les critiques paffés, préfens & futurs: Y a-t-il rien dans l'univers de plus excellent que ce qui fait rire? Au diable ces Auteurs fufceptibles qui jetent les hauts cris à la moindre égratignure! La critique amufe, & partant, elle eft bonne; fuivant le grand Axiome:

Eft-ce un malheur? Non, fi c'eft un plaifir.

L'*Hermite* auroit cependant dû avoir l'honnêteté d'adreffer un exemplaire de fa Lettre à l'Auteur du *Profpectus*, qui le fomme ici très-expreffément de fe faire connoître à lui dans huit jours; afin qu'il ait le plaifir de l'embraffer. S'il fe refufe à cette invitation qui n'eft ni un *lazzi* ni une *inconféquence*, il s'expofe vifiblement à paffer pour un *Ecriveur* difcourtois.

(NB.) L'Auteur du *Profpectus* a demandé place pour cette Note à celui de la Relation.

que, même en defcendant du ciel, on peut s'amufer fur la terre : Le rire étoit fur toutes les levres ; la joie dans tous les cœurs ; & chacun fe retira pénétré de refpect pour la phyfique & la folie.

Je ne me refuferai point, en finiffant, le plaifir de vous dire que l'union, la joie & le bon ordre qui regnerent dans nos fêtes, furent, en grande partie, l'ouvrage du Comte de *la Perroufe* & du Marquis de *la Serraz*, qui fembloient fe multiplier pour montrer de tout côté la politeffe la plus attentive & la plus ingénieufe.

J'aimerois fort laiffer courir ma plume, & vous nommer tout le monde ; mais il faut fe contenter de vous affurer en général que les jeunes Voyageurs viennent de contracter une grande dette à l'égard du Public: Le tendre intérêt qu'il a daigné leur accorder, les pénétrera, fans doute, de la plus vive reconnoiffance. M. *Brun*, qui va porter fes talens fous un ciel étranger, fe rappellera fouvent *la Journée du Ballon* ; & quand la famille de l'un des Voyageurs auroit encore deux patries, elle fe hâteroit de prêter ferment de fidélité à celle qui a bien voulu l'honorer de tant de marques de bonté.

Adieu, Mon très-cher Comte : Pardonnez-moi cette *parlerie* patriotique, & croyez-moi, avec une eftime & une tendreffe que vous connoiffez depuis long-tems,

Tout à vous & pour toujours.

S . . .

Chambery, 8 *Mai* 1784.